zen

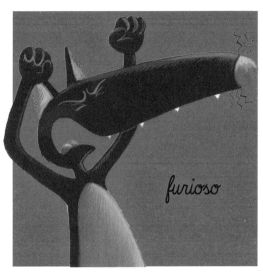

furioso

geloso

contento

sorpreso

vergognoso

disgustato

Alla vita, un po', molto, con passione... follemente!
OL

Ad Aymeric e alla sua mamma.
ET

IL LUPO
che si emozionava troppo

Testo di Orianne Lallemand
Illustrazioni di Éléonore Thuillier

GRIBAUDO

C'era una volta un lupo che viveva con i suoi amici
in un bellissimo bosco. Si chiamava Lupo.

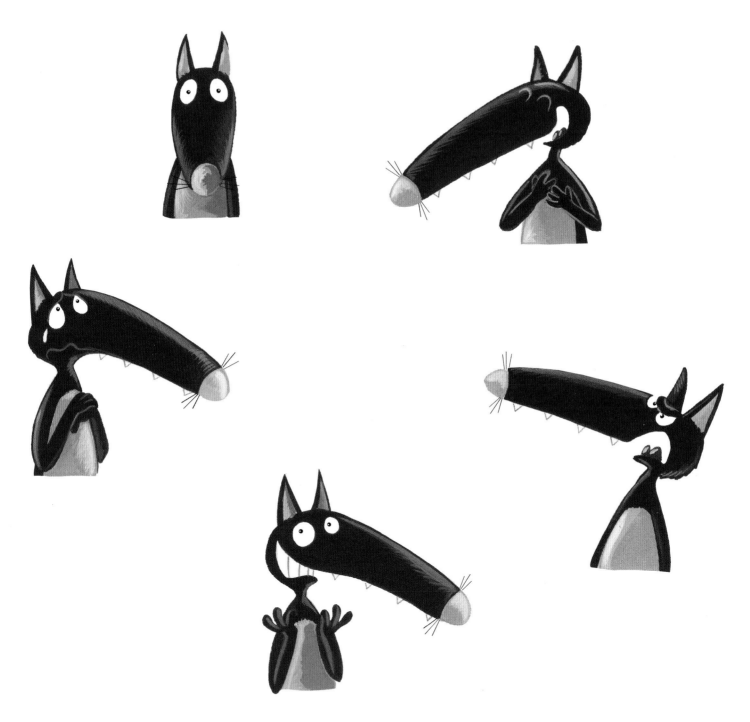

Questo lupo aveva un problema: era troppo emotivo.
Allegro, arrabbiato, triste, eccitato… cambiava umore
alla velocità della luce!

Quando era allegro fischiettava
e scherzava con il cuore leggero,
parlava con le piante… era pieno
di energia e di idee per divertirsi!

«Cucù, Giosuè! Vieni a caccia di farfalle con me?»
«Ehi, Luigione, facciamo un gigantesco dolce alla crema?»

Ma se qualcosa lo contrariava... Ah! Si rabbuiava, esplodeva e mandava a quel paese tutti quanti!

«Devi imparare a stare calmo, Lupo» gli disse un giorno Mastro Gufo, sfinito. «Così ci fai girare la testa!!»

«Imparare a stare calmo? E perché?» chiese Lupo.

«Per essere più sereno» spiegò Valentino.
«E più ganzo!» aggiunse Giosuè. «Ma non
preoccuparti, ti aiuteremo noi: domani
cominciamo l'allenamento zen!»

L'indomani Lupo andò a casa del suo amico.
«Per controllare le emozioni lo yoga è perfetto»
dichiarò Giosuè. «Respira tranquillamente
e crea il vuoto dentro di te.»

Giosuè fece una posizione dopo l'altra: il loto,
la montagna, il ponte... e Lupo cercava di imitarlo.

Non era facile, ma era molto
divertente! Lupo non riuscì
più a trattenersi e scoppiò
a ridere.

«Forse lo yoga non fa
per te» sospirò Giosuè.

Fuori c'era Alfredo ad aspettarlo. «Non c'è niente come lo sport per sfogarsi» disse. «Ti ho preparato lo speciale programma "Lupo scalmanato". Sei pronto?»

E partì come un razzo. Dietro di lui Lupo correva, saltava,
si arrampicava... Alfredo si fermò ai piedi di un albero enorme.
«Ci vediamo in cima!» gridò e sparì tra i rami frondosi.

Arrivato sulla sommità, Lupo guardò in basso e... gli si chiuse la gola, il cuore prese a battere all'impazzata e le zampe a tremare.

«Alfredo, ho PAURA di cadere!»
Era terrorizzato.

«Calmati, Lupo, sono qui con te. Adesso scendiamo insieme, piano piano.» Lupo fece un gran respiro e, tutto tremante, scese fino a terra.

«Hai vinto la tua paura, devi essere fiero di te!» si congratulò Afredo. Lupo sorrise: sì, era proprio FIERO di sé!

«Quest'avventura mi ha fatto venire fame» disse Lupo.
«Perfetto: Luigione mi aspetta a casa sua.»
Luigione era in cucina con Lupa, con le mani piene di farina.
"Hanno l'aria di divertirsi insieme" pensò Lupo, GELOSO.

«Ciao, Lupo» disse Luigione. «Oggi facciamo i macaron.
Sono dolci molto delicati, bisogna seguire la ricetta passo passo
ed essere molto pazienti. È un buon esercizio per te, no?»
A queste parole, Lupa scoppiò a ridere.

A Lupo saltò la mosca la naso, diventò tutto rosso, batté un piede ed esplose: «Ecco, vi burlate di me!» urlò arrabbiato.
«Beh, me ne infischio! E comunque non ho alcuna voglia di preparare stupidi dolci con degli stupidi!»
«Ma dai, Lupo, che cosa ti succede?» sbuffò Lupa, sbalordita.

Ma Lupo era già lontano, bofonchiava tra sé e dava zampate agli alberi. Poco a poco Lupo rallentò il passo fino a trascinarsi come una lumaca. Aveva il cuore gonfio di tristezza.

Tutto gli sembrava grigio.
Una lacrima gli rotolò sul muso.

«Non avrei dovuto arrabbiarmi,» piagnucolò «Lupa non mi amerà più. Mannaggia, sono io lo stupido! Come sono TRISTE...»
«Ma cos'è successo al mio superamico?» chiese una voce alle sue spalle. Era la signorina Yeti.

Piangendo a dirotto, Lupo le raccontò
l'accaduto. Lei gli fece una grande
carezza e gli disse: «Inutile piangere
sul latte versato, cerchiamo
di rimediare! Vai a scusarti
con Lupa e Luigione. Dopo
ti sentirai molto meglio.»

«E se Lupa non mi perdona?»
«Chi non risica non rosica» rispose la signorina Yeti. «Vai, corri!»

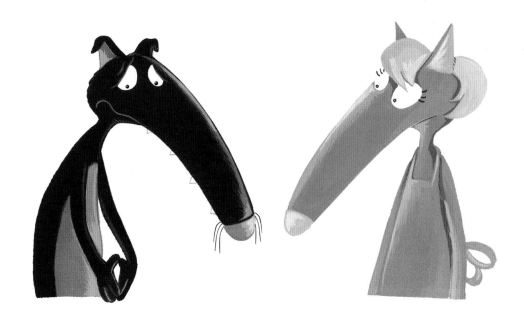

Pieno di VERGOGNA, Lupo tornò a bussare alla porta
di Luigione. «Vi chiedo scusa, amici miei» disse. «Non pensavo
quello che ho detto. Non sono stato molto carino.»
«Scuse accettate» sorrise Lupa.

Lupo e Lupa si guardarono con occhi innamorati...
«Ah, l'AMORE...» sospirò Luigione, intenerito.
«A tavola, miei cari, i macaron sono pronti!»
Lupo batté le zampe: si sentiva leggero leggero.
E anche affamato!

Il giorno dopo Lupo aveva un appuntamento con Valentino.
Che cosa gli avrebbe proposto l'amico?
Arrivato nella radura, Lupo si fermò, meravigliato:
davanti a lui c'era una capanna magnifica!
«L'ho costruita ieri» spiegò Valentino.
    «Ora tocca a te immaginare la tua capanna.
    Vedrai, inventare fa un gran bene!»

Più ECCITATO che mai, Lupo sparì nel bosco. Ritornò con le braccia cariche di rami e si mise subito all'opera. Poco a poco prese forma una bizzarra capanna...

«Manca solo la porta e ho finito!» annunciò Lupo alla fine della mattina.

Mentre posava la porta, questa si incastrò.
Lui spinse... e **BADABUM**! Fece crollare mezza casa!

«Fai le cose troppo in fretta, Lupo»
lo rimbrottò Valentino.
Allora Lupo diventò tutto rosso, batté le zampe e...

... fece un grande respiro, due posizioni di yoga e poi, con calma, si rimise al lavoro.

Quando terminò, Lupo si sfregò le zampe, soddisfatto.
«Yuhuu, amici, ho finito!» annunciò.
«Wow!» esclamò Valentino. La tua capanna è incredibile!»
«E l'hai costruita senza arrabbiarti» aggiunse Mastro Gufo.
«Bravo, Lupo!»

Lupo sorrise.
«Per festeggiare,
vi invito tutti a merenda.
Prego entrate!»

L'interno della capanna di Lupo era davvero
affascinante. Ma si erano appena accomodati,
che iniziò a piovere...
«Aprite gli ombrelli!» ordinò Lupo, allegro.
«Vedrete com'è bello!»

In un istante la capanna si trasformò
in un gigantesco arcobaleno.
Valentino applaudì. «Che emozione!
Caro Lupo, ce ne fai vedere di tutti i colori,
ma la vita è molto più divertente con te!»
«Per il nostro superamico...» concluse Mastro
Gufo «Hip, hip, hip... urrah!»

IL LUPO CHE SI EMOZIONAVA TROPPO

© **Editions Philippe AUZOU, Paris (France) 2017**
Titolo originale: *Le loup qui apprivoisait ses émotions*
Traduzione: Daniela Gamba

PER L'EDIZIONE ITALIANA:
© **2018 Gribaudo - IF - Idee editoriali Feltrinelli srl**
Socio Unico Giangiacomo Feltrinelli Editore srl
Via Andegari, 6 - 20121 Milano
info@gribaudo.it - www.feltrinellieditore.it/gribaudo/

Prima edizione 2018 [3(G)] 978-88-580-2105-7

Stampato in Cina

IL RAZZISMO
È UNA
BRUTTA STORIA.
razzismobruttastoria.net

innamorato

emozionato

sognatore

spaventato

triste

imbronciato

fiero